Die Legende von Kados
Keine Heimkehr

Band 1.1: Keine Heimkehr

Von Felix T. Vogel

Bibliografische Information der Deutschen Nationalbibliothek:
Die Deutsche Nationalbibliothek verzeichnet diese Publikation in der
Deutschen Nationalbibliografie; detaillierte bibliografische Daten
sind im Internet über http://dnb.dnb.de abrufbar.

Herstellung und Verlag:
BoD – Books on Demand, Norderstedt
ISBN: 9783750411326

Inhaltsverzeichnis

Die Legende von Kados
Keine Heimkehr

Abschnitt 1 - **Ohle**

Kados bot für mich nicht unbedingt das angenehmste Klima. Die Temperaturen waren hoch, die Luft trocken und Konflikte schwelten im ganzen Land. Der Rat der südlichen Gefilde stellte sich den machthungrigen Ukern entgegen, die im Norden von Kados, in den Berg-Werften, ansässig waren.

So waren die Verhältnisse zu der Zeit, in welcher ich Ohle kennenlernte. Ich war ein Arbeiter auf einer 'Humanoiden Transporteinheit' – einer HTE. Ein 90 Meter hoher Koloss, dampfbetrieben und zum Kampf bereit. Meine Aufgabe war die Verwaltung aller Kohlevorräte, die wir für den Betrieb der HTE benötigten und neuerdings auch teilweise die Wartung sogenannter Rettungskapseln.

Ich war nie ein besonders talentierter Kämpfer. Meine Interessen lagen woanders, weshalb ich meine Heimat verließ. Ich kam aus dem Nordwesten von Kados und gehörte einst zu den Altrii, war der Sohn von Altrio.

Meine kohlschwarzen Beine musste ich deshalb immer verstecken. Die Altrii waren nicht besonders beliebt bei den anderen Völkern oder sehr fortgeschritten, im Gegensatz zu den Ukern oder den Bewohnern der südlichen Gefilde. Da die Uker aber keine Fremdeinflüsse zuließen - denn ich stammte ja nicht aus den Berg-Werften oder Presia - lief ich zum Rat der südlichen Gefilde über. So nannte ich bald Süd-Kados meine neue Heimat und verdingte mich als Techniker. Das einzige was ich vermisste, war ein altriischer Freund und eine schöne Portion Fisch. Hier gab es ausschließlich Getreideprodukte und - wenn man Glück hatte - noch ein wenig Vhalis zum Süßen. Irgendwann durfte ich auf einer HTE der Ratsarmee anheuern - der einzigen HTE, die der Rat zu dieser Zeit befehligte. Oft hörte ich die Führungsebene sagen, dass es eine 45er-HTE war, aber durch die starken Umbauten konnte man sie wohl irgendwann nicht mehr in eine bestimmte Baureihe einordnen.

Wir befanden uns schon bald tief in der Wüste – abgeschieden, still und lange. Auf den oberen Decks werkelte man wohl an einem Projekt, von welchem nichts nach außen gelangen sollte. Ich besuchte ohnehin selten die Städte und mochte die Arbeit an Bord dieser modifizierten HTE, deshalb konnte mir das recht sein.

Als ich einst eine Pause einlegte, bekam ich mit, wie jemand in einer Rettungskapsel saß. Dies war eigentlich nur im Notfall erlaubt und ich beugte mich durch eine Öffnung oben an der Kapsel hinein. Für einen Moment wurde ich starr. Jemand im inneren pflegte seine Altriiverbrennungen, indem er sie mit einer Paste einschmierte. Schnell zog er mich herunter in die Kapsel, hielt mich zu Boden und sagte wutentbrannt: "Was hast du gesehen?"

"Sie sind ein Altrii, Sir.", antwortete ich furchtsam. Denn ich wusste, wie andere Vertreter meiner Art zu sein pflegten. "Falsche Antwort."

Er zog die Verschlussplatte über die Kapsel. Ich wehrte mich vorerst nicht. Stets war es mir wichtig, ein sehr besonnener Altrii zu sein, falls es dergleichen geben kann.

"Woher weißt du von den Altrii?"

"Ich war selbst einer von ihnen.", erklärte ich.

Währenddessen versuchte ich, am Boden festgehalten, mein Hosenbein zu öffnen. Kurz sah er meine verkohlte Haut durch den Riss in der Hose und ließ mich dann langsam los. Wir beide setzten uns erschöpft und ich fing vorsichtig an zu erzählen: "Vor einiger Zeit bin ich von Ogria nach Süd-Kados gegangen, um meiner Berufung nachgehen zu können."

"Welche Berufung?"

"Mit einer Maschine wie dieser hier zu arbeiten. Früher sah ich immer die imposanten Handelsschiffe zu uns kommen und wollte hierher, wo nicht alle zornentbrannt sind, wo Dinge geschaffen werden."

"Bei mir war es ähnlich und ich habe dich schon des Öfteren gesehen. Mir ist nie aufgefallen, dass du allzu zornig wärst."

"So ist es. Und mir ist aufgefallen, dass auch sie nicht versuchen die hiesige Bevölkerung auszulöschen."

Wir beide lachten kurz, dann schlug er vor:

"Nenne mich Ohle. Zumindest, wenn wir uns allein unterhalten."

"Mein Name ist Simjoi."

"Kein altriischer Name?"

"Kein üblicher, ja."

"Hast du Familie in der Heimat?"

"Auch wenn ich Ogria inzwischen nicht mehr als meine Heimat betrachte, ja. Eine Halbschwester. Du?"

"Eine Frau und 2 Kinder. Hoffentlich inzwischen 3."

"Wieso bist du dann hier und begleitest Captain Endo?"

"Später. Ich muss nun wieder hinauf. Wir entwickeln etwas für Projekt ENTE."

"Gut. Wann sehen wir uns wieder?"

"Wenn das Keryum am Horizont steht, genau hier."

Dann schob er die Luke wieder auf und verließ die Kapsel. Ich band mein Hosenbein zu und ging wieder zurück an die Arbeit.

Abschnitt 2 - **Zweites Halb-Keryum**

Wir trafen uns jedes zweite Halb-Keryum. Also immer, wenn das Keryum am Horizont versank. Es waren intensive Gespräche. Bis zu diesem Zeitpunkt übertraf nichts meine Freude an der Arbeit, aber die Unterhaltungen mit Ohle kristallisierten sich zu meinem Höhepunkt einer jeden Umdrehung heraus. Er verschmerzte einige Dinge besser als ich, andere weniger. Während er irgendwann zurück nach Ogria wollte, konnte ich dem nichts abgewinnen. Ich vermisste lediglich den Fisch, während er mir von fruchtigen Speisen aus einem anderen Land erzählte. Doch es gab auch ein kadonisches Getränk, welches ich sehr mochte, da es dem Fischsud sehr nah kam – der Kamptorntee. Natürlich schmeckte der nicht nach Fisch, aber er war genauso kräftig und einprägsam.

Es gab ursprünglich 2 Getreidesorten, die in Kados stark verbreitet waren, doch in letzter Zeit hatte sich eine Dritte eingeschlichen, welche oft von Kleinbauern angebaut wurde. Das Korn konnte man kaum verzehren, aber seine getrockneten Hüllen waren das Mittel zu einem wunderbaren Heißgetränk. Nicht viele an Bord tranken es.

Während die meisten Vhalis in ihr Wasser mischten, ob warm oder kalt, versuchten Ohle und ich möglichst oft einen Krug heiß gebrühten Kamptorntee miteinander zu teilen. Die meisten Teesorten waren teuer und schwer zu bekommen, da die dafür notwendigen Pflanzen in Kados nicht gedeihen wollten und seit der Holzkrise war der Tee sogar noch knapper. Kamptorn war hingegen ein kräftig aromatischer, etwas bitterer Ersatz und zudem noch billig. Leider schätzten die meisten weiterhin das süße Vhalis, aber all die, welche einmal Kamptorntee wirklich genießen lernten, würden niemals Vhalis zurückverlangen. Zudem half Kamptorn einen wiederaufzubauen. Nur dadurch konnten unsere nächtlichen Treffen nach einer harten Schicht auf Dauer gut gehen.

Zusatzabschnitt - **Vorführung**

Projekt ENTE hatte für mich bis dahin kaum etwas bedeutet, doch als es abgeschlossen schien, verließ Ohle die HTE auf einem merkwürdig anmutenden metallenen Gefährt. Nun realisierte ich erst, dass seine Verabschiedung am Vorabend nicht einer seiner Witze war und ich musste mich mit fehlendem Gesprächspartner wieder an einen normalen Umdrehungsrhythmus gewöhnen. Den Tee trank ich auch nicht mehr. Stattdessen lagerte ich den erworbenen Kamptorn in der Hoffnung, ihn irgendwann einmal mit ihm zusammen trinken zu können. Ich dachte offenbar nicht genug darüber nach, denn so viele Portionen hätten 10 von uns nicht runterbekommen.

Bald hörte ich, dass die Leute auf den oberen Decks noch etwas für Projekt ENTE bauen wollten. Doch nachdem wir uns so lange still in der Wüste aufgehalten hatten, kehrte der fast normale Alltag wieder ein. Auch ich hatte jetzt wieder mehr zu tun, denn wenn wir uns bewegten, fiel automatisch mehr Arbeit an, vor allem in der Kohleverwaltung.

Ich hoffte in die Planung der Produktionsstrecke mit einbezogen zu werden, von welcher überall die Rede war, obwohl ich eigentlich noch immer nicht wirklich wusste, worum es ging. Ein wenig Abwechslung hätte sicherlich gutgetan und mein Talent wäre bestimmt hilfreich gewesen. Dazu kam es leider nicht. Ich machte meine bisherige Arbeit einfach zu gut, als dass man mich versetzen wollen würde. Zumindest redete ich mir das stets ein.

Preik sollte hier für die nächste Zeit der Kommandant sein. Einige Male wollte er sogar Uker angreifen, wo gar keine waren, so hörte ich. Alle sagten, er wäre ungezügelt, aber standhaft. Ich hoffte nur, dass er die 45er nicht in die Zerstörung führte.

Ohle war bekanntlich der erste Offizier und Berater von Captain Endo. Vom Captain selbst wussten wir allerdings kaum etwas. Nur, dass er tatkräftig und von ruhiger Natur war. Endo führte uns an und stand uns zumindest etwas näher als der Rat der über ihn bestimmte. Die jungen Leute an Bord hörte ich manchmal darüber reden, dass sie sein wollten wie Captain Endo. Eine Führungsperson mit so vielen treuen Soldaten unter sich. Ich war kein Soldat.

Ich kannte ihn nicht und ich fühlte mich ihm gegenüber nicht wirklich verpflichtet.

Er leitete zwar die Flotte und baute vieles auf, aber wenn ich kämpfte, dann für die Bevölkerung, zu der ich mich inzwischen zählte und für meinen Arbeitsplatz. Doch besser Endo, als der Rat. Ich war mir allerding nie wirklich sicher, ob ich offiziell ein Untergebener des Rates war oder ausschließlich Captain Endo diente. Zu dieser Zeit schien sich vieles zu verändern und ich hatte nicht vor, mich auf eine bestimmte Seite zu schlagen.

Abschnitt 3 - **Aufregung**

Als wir in Kriat ankamen, unternahm auch ich einen Ausflug in die berühmte Stadt aus Glas. Dort wurde mir von einem neuen Stein erzählt, der den Rauch unserer Kohle entzünden können sollte. Für mich als Kohleverwalter türmten sich dadurch nur Probleme auf. Nun galt es die Kohlelager sicherer zu machen. Im Falle eines Lagerbrandes könnten solche Steine die gesamte HTE zur Explosion bringen - nicht, dass ein Lagerbrand allein schon einen ziemlich sicheren Untergang der Maschine bedeuten würde. Auch sprachen alle von einem Angriff auf die Berg-Werften. Da ich an Bord unserer größten Kriegsmaschine arbeitete und wir uns derzeit mit ihr bei Kriat aufhielten, dementierte ich dies.

Ohle fand sich glücklicherweise bald wieder auf der 45er ein und es stellte sich heraus, dass wir die Berg-Werften wirklich angegriffen hatten. Zwar nur zur Täuschung, aber dennoch hatte ich jetzt sicher bei einigen Personen an Glaubwürdigkeit eingebüßt.

Ohle und ich machten weiter wie zuvor. Zum zweiten Halb-Keryum trafen wir uns und redeten. Inzwischen kaum noch über die Heimat. Wir waren einfach Freunde und nicht mehr nur zufällige Bekannte, welche sich durch eine nachteilbehaftete Gemeinsamkeit verbunden fühlten. Mein Kamptornvorrat wuchs nun vorerst nicht weiter an.

Ich erfuhr, dass ein Wall gebaut werden sollte. Eine Verteidigungslinie um den größten See von Kados - den Walis-See. Zu diesem Zeitpunkt entschloss sich Ohle, auf eine Forschungsreise in die Nebelgefilde zu gehen. Natürlich war die Forschung nicht mein Fachgebiet, jedoch hatte er mir unablässig von seinen Entdeckungen und seinem Vorhaben erzählt und auf diese Weise mein Interesse daran geweckt. Durch sein Zutun wurde es mir gestattet ihn zu begleiten. Also verließ ich mit ihm zusammen meinen geliebten Arbeitsplatz, um ein Abenteuer mit ihm zu erleben.
Viele Umdrehungen lang untersuchten wir die Ruinen, in welchen offenbar ein Relikt vergangener Zeiten gefunden worden war. Außer zu graben und ihm Gesellschaft zu leisten, konnte ich leider nicht viel beitragen.

Es war schön, dass er mir gelegentlich die Steuerung der Versorgungsschiffe anvertraute – die Abwechslung tat gut, auch wenn ich dann für eine Weile von ihm getrennt war.

Seiner Ansicht nach fanden wir nichts Relevantes. Doch ich entdeckte eine gewisse Begeisterung für Abenteuer in mir. So unspektakulär und ertragslos dieses hier war, hatte ich dennoch dazugelernt und Lust auf ein Weiteres.

Abschnitt 4 - **Das Versprechen**

Ohle wollte mich um etwas bitten. Um ein Versprechen. Er bat mich darum, im unterwarteten Fall seines verfrühten Todes nach seiner Familie zu sehen. Eine simple Bitte und doch trug ich durch ihre Annahme nun eine schwere Verantwortung.

Abschnitt 5 - **Wüstenkriege**

Die Wüstenkriege hatten begonnen und wir befanden uns noch immer in den Nebelgefilden, weit abseits der Fronten. Da unsere Nachforschungen nahe Pilaster nicht wirklich von Erfolg gekrönt waren, reisten wir zurück zum Walis-See. Ein großer, flacher See und dennoch eine mickrige Pfütze im Vergleich zum tiefen Gewässer in meiner Heimat. In Kados stellte er jedoch die Hauptwasserversorgung dar und diente als Teil einer wichtigen Handelsroute. Ohle beschaffte mir meine alte Position wieder. Jetzt würde mich kein Abenteuer erwarten. Nur der Kampf an der Front. Fast jede Umdrehung verloren wir Männer, doch die verstärkten Rekrutierungen sorgten immer für Nachschub. Mein Arbeitsplatz war vergleichsweise sicher und genau das hämmerte auf mein Gewissen. Ich arbeitete weitestgehend ungefährdet und nahe der Rettungskapseln, während andere sterben mussten. Ich war geschützt und die Neuankömmlinge mussten auf die Schultern der HTE oder an die Geschütze. Die Glücklichen unter ihnen hatten einen harten Job an den Kohleöfen. Das war meist ungefährlich, zumindest so lange es keine Querschläger oder technischen Probleme gab.

Einerseits war ich relativ einsam und hatte keinen wirklich guten Freund, mit Ausnahme von Ohle, aber andererseits war so auch die Wahrscheinlichkeit geringer, noch weiter getrübt zu werden.

Kommandant Preik wurde von den Bodentruppen inzwischen zumeist nur noch als 'Rollender Kommandant' bezeichnet, da er oft mit den Soldaten auf den Schienenwagen des neu errichteten Walis-Walls an vorderster Front kämpfte. Ich empfand dies jedoch eher als respektlos. Andererseits hatte ich ohnehin nur sehr selten einen Grund über ihn oder gar mit ihm zu reden.

Die sogenannten 'Zeitfresser' interessierten mich viel mehr. In der Wüste gab es notgedrungen entstandene Siedlungen, in denen die vom Rat Vertriebenen Zuflucht fanden. Dort gab es, außer dem Beitritt zur Flotte, kaum Arbeit zu finden und so entwickelten sich gewisse Gebäude, in denen es nur um das Vergnügen ging. Diese nannte man also spöttisch 'Zeitfresser'. Leider besuchten wir die Siedlungen kaum und wenn dann nur kurz, wodurch ich nicht in den vermeintlichen Genuss einer dieser Einrichtungen kam. Aber vielleicht würden sie den Krieg überdauern und ich noch eine Gelegenheit für einen Besuch bekommen.

Nach einem weiteren Gefecht am Wall kehrte Ole auf unsere 45er zurück und wir trafen uns - wie üblich - beim zweiten Halb-Keryum und tranken Kamptorntee. Er schien mir ungewöhnlich abwesend und so sprach ich ihn darauf an. Zögerlich erklärte er mir: "Ich habe ein paar Soldaten offenbart, dass ich ein Altrii, der Sohn von Altrio, bin."

"Was haben die Soldaten daraufhin getan?"

"Nichts weiter. Wenn alles gut geht, behalten sie es für sich."

"Und wenn nicht?"

"In dem Fall würde ich sicherlich nicht mehr lange im Dienste des Captains stehen."

Wir sprachen über alle möglichen Konsequenzen - von der Verbannung bis zur Exekution. Ich musste mein Versprechen erneuern, da Ohle nun umso mehr besorgt war. So sehr er dem Captain auch vertraute und ihn respektierte – Endo musste einen Krieg gewinnen und hatte keinen Platz für potenzielle Verräter und Spione.

Meiner Meinung nach kein besonders schönes und entspanntes Gespräch, aber ein notwendiges, zu diesem Anlass.

Die folgende Zeit bekam ich Ohle kaum noch zu Gesicht.

Einige Male war er zwar zusammen mit dem Captain auf der HTE, allerdings trafen wir uns dann nur selten. Wenn wir uns sahen, erzählte Ohle zumeist nur etwas von Geheimhaltung oder Verstärkung des Walis-Walls. Ich befürchtete, dass er mir nicht mehr vertraute. Vielleicht wollte er mich auch nur schützen. Das einzige, das ich mit Gewissheit sagen konnte, war, dass sein Rückzug schmerzte.

Die 45er schien zu dieser Zeit vorwiegend geschont zu werden. Inzwischen war sie aufgrund von oft notdürftigen Reparaturen schwerfälliger geworden. Während die Angriffe der Uker sich mehrten, hielt sich die 45er immer häufiger im Hintergrund und wir zogen uns letztendlich in die Nähe von Pilaster zurück – die große Stadt der Nebelgefilde und der Hauptsitz des Rates, welcher noch immer über uns, die südlichen Kadoner, herrschte. Über den Rat selbst wusste ich nicht viel. Offenbar ein geschlossener Kreis an Personen, welche irgendwie an der Vereinigung der südlichen Gefilde von Kados beteiligt waren. Letztendlich war mir egal, ob Uker oder Rat, Endo oder Preik, Altrii oder Kadoner.

Jedoch wollten die Altrii ein anderes Leben, als es meiner Vorstellung entsprach und die Uker nahmen mich nicht an. Da die Streitmacht des Rates inzwischen allerding ebenso HTEs besaß, war mein Wunsch in Erfüllung gegangen und auf absehbare Zeit gesichert - auch wenn unsere 45er irgendwann irreparabel beschädigt werden würde. Insgesamt besaßen die südlichen Gefilde 4 gekaperte HTEs und die umgebaute 45er. Es gab sogar eine Zeit, als ich einige Arbeiter ausbildete, die auf den anderen Einheiten eingesetzt werden sollten. Meine Art war gesucht, denn nicht jeder konnte so brauchbar schreiben, rechnen und mit Maschinen umgehen.

Am Ende der Schonzeit hatten sich überraschend viele Truppen in den südlichen Gefilden zusammengezogen. Insgesamt mehrere hundert ENTEn - neue, metallene

Luftschiffe. Einige für den Truppentransport, andere zum direkten Kampf. Wie ich hörte, war unsere HTE tatsächlich der Entstehungsort dieser Kreationen gewesen. Projekt ENTE hatte also diese merkwürdigen Luftschiffe hervorgebracht. So ungewöhnlich sie auch waren - sie wirkten durchaus einschüchternd auf mich.

Ohle kam an Bord und verkündete uns, begeistert und begeisternd: "Wir werden gegen die Berg-Werften in den Kampf ziehen. Unsere Flotte ist groß. Unsere Streitmacht ist stark. Unser Wille, die Uker zu vertreiben, wie sie es einst mit denen taten, welche sich nicht ihrem Willen unterwarfen, ist grenzenlos."
Jubel durchströmte die Reihen.

"Heute werden wir gegen die Berg-Werften ziehen. Mit Verbündeten, die noch nicht wissen, dass sie welche sind. Ihr seid nicht dumm. Ihr wisst, dass die Verteidigung der Berg-Werften stark ist und mit jedem aufsteigendem Keryum stärker wird. Aber zeitgleich wird sich ein anderes Volk, eine andere Streitmacht, gegen die Uker in den Kampf begeben. Wir werden nicht zulassen, dass jemand anderes die Berg-Werften an sich reißt oder die Uker allein vertreibt. Stattdessen machen wir es uns zunutze, wenn die beiden Mächte aufeinanderprallen. Dieses fremde Volk mag uns zwar ebenso wenig wie die Uker, aber dies wird uns nicht aufhalten. Wenn diese 3 Fronten aufeinandertreffen, werden wir siegreich sein. Wir werden überlegt vorgehen, ihnen mit überlegener Technologie gegenüberstehen und als Sieger überleben. Das wird das Ende des Krieges."

Er hatte es wahrlich geschafft motivierende Worte zu finden. Viele jubelten zustimmend: "Das Ende des Krieges!"

Man konnte Ohle ansehen, dass er merklich froh über die Annahme seiner Worte war. Dann führte er fort: "Unser Plan sieht wie folgt aus – zuerst wird die Ratsmiliz und dann Captain Endo mit einem Einsatztrupp direkt auf den Berg-Werften landen, während diese hoffentlich noch mit dem anderen Volk zu kämpfen haben. Wenn wir dann das Signal bekommen, wird auch der Großteil unserer Streitmacht angreifen. Ihre Verteidigung wird dann so weit geschwächt sein, dass wir nicht schon vor den Berg-Werften untergehen. Der Flottenteil von Kommandant Preik wird von der Veneturia angeführt und soll weiter westlich warten, bis sich die Lage geklärt hat und dann das Schlachtfeld säubern. In dieser Umdrehung werde ich nicht von euch erwarten, dass ihr nur eure üblichen Aufgaben erfüllt. Während des Gefechts wird niemand kommen, um eure Nebenmänner zu ersetzen. Übernehmt jede Aufgabe, die ihr könnt. Trauern werden wir, wenn der Kampf gewonnen ist. Bis zum Beginn der Schlacht ist jeglicher Kontakt innerhalb und nach außerhalb der Flotte untersagt. Ihr seid nun an euren Posten gebunden, bis die Schlacht gewonnen ist."

Dann trat er ab und ich folgte meinem Freund, durch die motiviert jubelnde Menge. Im Stillen fragte ich ihn:

"Ohle, welches fremde Volk?"

"Der Großteil der Bevölkerung von Süd-Kados kennt es nicht. Nur manche Händler wissen etwas."

"Sind es die Altrii?"

"Ja, Simjoi, es sind die Altrii."

"Auch wenn ich ihre Lebensphilosophie verabscheue, werde ich nicht gegen sie in den Kampf ziehen, Ohle."

"Ich nahm an, dass..."

"Nein. Du wusstest, wer sie sind und du wusstest, dass ich auf dieser HTE diene. Warum zwingst du mich das zu tun? Nun kann ich nicht mehr gehen. Sie würden denken, dass ich ein Spion bin und vielleicht sogar scheinbare Beweise für ihre Vermutung finden."

"Simjoi, hör mir zu. Ich wollte meinen Auftrag beenden und habe gehofft, dass du mit mir kommst. Wenn du jedoch wirklich allein gehen willst, dann steht unten im Rettungsdeck eine Flugplatte bereit. Auf ihr kannst du zum Beginn der Schlacht entkommen. Ich werde einen anderen Weg finden."

"Ich mag dich, aber ich werde nicht auf dich warten. Sobald die ersten Schüsse fallen werde ich gehen. Bist du dann nicht da, so sehen wir uns frühestens wieder, sobald der Kampf vorbei ist."

"In Ordnung. Mein Auftrag ist abgeschlossen, sobald der Captain vom Kampfeinsatz in den Berg-Werften zurückkehrt, doch dann wird es wohl schon zu spät sein."

"Ich verstehe nicht, warum es so wichtig ist, dass du auf die Rückkehr von Captain Endo wartest."

"Aus demselben Grund, wegen dem ich dir zur Flucht verhelfe. Wir sind Freunde.“

"Und es ist dir gleich, was mit deiner Familie geschieht?"

"Es fällt mir schwer das zuzugeben und vielleicht hältst du mich sogar für herzlos, aber Endo hat mir mehr von der Welt gezeigt als ich es mir je erträumt hätte. Er kämpft für eine Zukunft von Kados, die wir uns noch gar nicht vorstellen können. Endo hat mich gerettet und mir unwissend die Informationen gegeben, die ich brauche, um meine Familie zu retten. Ich will ihn nicht in der finalen Schlacht verlassen."

Wir schwiegen einen Moment.

Ohle redete bedächtig weiter: "Und ein weiteres Mal muss ich dich darum bitten, dein Versprechen zu erneuern. Ich werde dir alle Informationen geben, die du brauchst, um meine Familie zu befreien."

"Natürlich werde ich das für dich tun. Ich verspreche es. Aber ich kenne dich gut genug, um zu wissen, dass du deine Entscheidung ändern oder bereuen wirst."

"Es gab selten jemanden, bei dem ich mir so sehr wünschte, dass ich ihn nie getroffen hätte, wie bei dir, Simjoj. Jemanden, dem ich keine Last aufbürden will und ihm trotzdem so sehr vertraue, dass ich meine schwerste mit ihm teile."

"Egal wie die Schlacht ausgeht – bitte überlebe sie. Dann werden wir uns bald wiedersehen und gemeinsam eine Lösung finden."

"Ich hoffe es, mein Freund."

Wir beide gingen unserer Arbeit nach und tranken dann noch ein letztes Mal vor dem Angriff gemeinsam Kamptorntee. Er vertraute mir die Informationen an, die womöglich seine Familie befreien konnten. Dann redeten wir, als ob es weder den Streit gegeben hätte, noch ein Kampf anstehen würde.

Abschnitt 6 - **5 und 6**

Da ich gehen würde, stellte Ohle mir einen Rekruten zur Verfügung. Ich wies ihn noch zügig in meine Aufgaben ein. Zwar wusste dieser nicht genau warum, aber er freute sich über den vergleichsweise ungefährlichen Arbeitsplatz. Er lernte schnell und wäre ganz sicher ohnehin bald ein Anwärter auf meine Position geworden. Die Motivation an Bord war groß. Vor allem, da Preik die Veneturia als Flaggschiff führte und diese ein Symbol war. Eine Erinnerung an ihre frühere Crew, die für ihren Auftrag ihr Leben gelassen hatte. Auch Captain Endo galt für viele als Leitfigur, die an vorderster Front kämpfte und unsere Streitmacht gegen die Unterdrücker führte. Es war mir ein Rätsel, warum man ihn 'Captain' nannte, obwohl er eindeutig die Position eines Generals oder sogar Admirals innehatte. Einige vermuteten, dass dies ein Überbleibsel seiner Vergangenheit bei den Ukern war, andere wiederum dachten, dass es gar ein Teil seines Namen wäre und sprachen ihn deshalb mit Admiral Captain oder ähnlichen Lächerlichkeiten an, worüber Endo offenbar stets amüsiert war.

Bald schon war die Zeit meiner Flucht gekommen. Ich vernahm die ersten Schüsse.

Zwar kamen sie nicht von uns oder zu uns, aber ich stand zu meinem Wort und ging zum Rettungsdeck. Dort fand ich wie erwartet eine Holzplatte, die an einem großen Ballon befestigt war. Auf ihr befand sich ein kleiner Ofen, 2 Seitensegeln und ein kleiner Propellermotor, welcher auch gegen den Wind für etwas Schub sorgen konnte. Wie

ich hörte, sollte dies wohl ein übliches Transportmittel in Pilaster sein. Nicht für lange Strecken geeignet, aber mit nur einer Person und einigen Vorräten als Fracht würde ich es damit bestimmt bis zu einer der Siedlungen schaffen oder notfalls den Walis-See ansteuern können. Ich feuerte also den Ofen an und füllte so den Ballon, der für den nötigen Auftrieb sorgte. Langsam fing die Platte an zu schweben. Als sich dann die HTE in Bewegung setzte, schwebte ich automatisch durch die Öffnung hinten am Koloss heraus. Ich legte Kohle nach und stieg höher, obwohl mir die Platte ohne Reling oder ähnliches nicht sicher schien. Aus diesem Grund band ich mich fest.

Eigentlich wollte ich allein in meine Heimat zurückkehren, doch Ohle war mein einziger wahrer Freund und ein Säckchen voller Kamptorn, welches ich mit mir führte, schien mich anzustarren.

Ich konnte ihn nicht zurücklassen, auch wenn ein Rettungsversuch meinerseits riskant war und ich damit mein Versprechen und seine Familie gefährdete.

Ich zitterte, während ich versuchte, ein Wendemanöver mit diesem einfachen Fluggerät auszuführen. Warum riskierte ich alles für die winzige Chance ihn mit mir zu nehmen? Es war so, als hätte er mir etwas entrissen, als er mich gehen ließ und nun würde mich alles zu ihm zurückziehen. So ein schmerzendes und gleichzeitig wärmendes Gefühl hatte ich bis dahin noch nie empfunden.

Als die Frontseite meines Gefährts in Richtung der HTE zeigte, nahm ich den Propeller in Betrieb, da ich nun gegen den Wind stand. Einholen konnte ich den Koloss nur, wenn er im Kampf stehenbleiben oder seinen Kurs in meine Richtung ändern würde.

Plötzlich sah ich, wie der Hals und die Brücke des Giganten offenbar kritisch getroffen wurden und die HTE für einen Moment stark nach rechts abdriftete.

Eventuell gab es Probleme bei der Steuerung. Damals gab es das Gerücht, dass der Captain vorhatte eine Ersatzbrücke einbauen zu lassen – in der 45er existierte aber leider bis heute keine. In diesem Augenblick wäre es wohl besser gewesen. Ich näherte mich und hoffte, nicht von einem Geschoss getroffen zu werden. Ohle hatte seinen selbstauferlegten Auftrag hoffentlich inzwischen erfüllt. Als ich näher kam, sah ich ihn bereits durch eine Öffnung, die in die Wand der Brücke gerissen war und ich winkte ihn auf meine schwebende Plattform. Langsam driftete ich an ihm vorbei. Er schien mich gesehen zu haben und machte sich zum Absprung bereit, als er sich plötzlich wieder umdrehte.

Schnell machte ich alles bereit für ein erneutes Wendemanöver, obwohl ich nicht verstehen konnte, warum er sich hatte ablenken lassen und ich beinahe etwas wütend wurde. Wollte er mich wirklich nicht begleiten?

Als ich wieder zur HTE sah, fiel Ohle leblos aus der Öffnung und prallte auf die Schulter des Kolosses, von der er dann abrutschte und in die staubige Tiefe fiel. Ich war starr und blickte ihm hinterher. Sein Körper verschwand im aufgewirbelten Dreck und Qualm der Schlacht.

Schon nach kurzem konnte ich die HTE durch die dichten Rauchschwaden kaum noch sehen und mich auch sonst nicht orientieren. Dumpfe und laute Geräusche. Aufblitzende Kanonen und umstürzende HTEs. Ich wollte nur schnellstmöglich dort heraus, also setzte ich meine Segel und folgte dem Wind.

Abschnitt 7 - **Heimkehr**

Nun konnte ich sagen, dass ich die Schlacht um die Berg-Werften überlebt hatte. Ohle war nun nicht mehr da. Ich bereute, dass ich ihm nicht mehr helfen konnte. Es zerriss mich innerlich. Hätte ich es jedoch in keiner Weise versucht, dann hätte ich es noch weitaus mehr bereut. Ihn in die Schlacht ziehen zu lassen war ein Fehler. Ich hatte nicht mal eine Ahnung, warum er gestürzt war. Vielleicht, weil er meinetwegen zu nah am Abgrund wartete. Das konnte ich mir nicht verzeihen. Trotzdem hatte ich eine Pflicht zu erfüllen – so viel war mir nun bewusst. Seine Familie retten.

Also steuerte ich nun direkt auf unsere gemeinsame Herkunft zu. Mir war klar, dass meine Vorräte nicht reichen würden, doch von Trauer, Wut und einem Versprechen getrieben flog ich über die Wüste hinweg. Auf meinem Weg würde ein enormes Waldgebiet liegen – ein Teil von Presia. Dort könnte ich eventuell Vorräte finden, nur keine Kohle, also hätte ich von dort aus zu Fuß weiterziehen müssen. Aber es konnte möglich sein, den Weg auf diese Weise zu bewältigen.

In der Ferne machte ich oftmals Schiffe und Soldaten aus, welche anscheinend die Schlacht überlebt hatten. Jedoch hatten sie oft weniger als ich und es war unklar, welcher Fraktion sie wohl angehörten. Eigentlich konnte ich also froh sein, dass sie mich zumeist nicht bemerkten, trotz des roten Stoffes meiner Segel und des Ballons.

Meine Vorräte gingen zuneige, nur das Säckchen Kamptorn blieb. Selbst wenn mir heißes Wasser zur Verfügung gestanden hätte, so wäre es mir kaum noch möglich gewesen den Tee zu trinken.
Ich flog bereits seit Umdrehungen über die Einöde, als ich bemerkte, dass hier der Wald hätte sein sollen. Davon abgesehen, dass meine Vorräte bereits aufgebraucht waren, war dieser gigantische Wald der Garant für die Holzversorgung der Berg-Werften und der Altrii. Ich konnte mir nicht erklären, wie es dazu kam. Nicht ein Baum war zu sehen. Nur ein einziger weit entfernter Hügel schien noch grün. Ich hätte es vermutlich weder mit der Flugplattform, noch zu Fuß dorthin geschafft. Es blieb mir also die Wahl – würde ich versuchen zum Hügel zu gelangen und auf dem Weg nichts finden, so wäre ich am Ende.

Sollte ich weiter in Richtung Heimat marschieren, könnte ich in jedem Fall nichts Ess- oder Trinkbares finden, aber eventuell jemand mich. Die Entscheidung fiel mir schwer, aber jeder Moment, in dem ich nachdachte, kostete mich womöglich einen Meter zum Ziel. Ich entschied mich letztendlich dafür, direkt in die Richtung der Herrschaftsgebiete der Altrii zu laufen.

Tatsächlich war ich noch am Leben, wenn man das so nennen konnte, als mich ein Schiff der Altrii aufsammelte und mich einer meiner Retter mit halb verbranntem Gesicht fragte, wo ich herkam. Ich antwortete: "Von der Schlacht bei den Berg-Werften." und zeigte ihm meine verkohlten Beine. Es war ein Schiff, welches Überlebende einsammelte. Viele altriische Soldaten waren bereits an Bord. Einige Umdrehungen wurde noch nach weiteren Überlebenden gesucht, doch als das Schiff nach der Meinung der Besatzung voll war, flogen wir über die Flehenden einfach hinweg. Wahrscheinlich hatten die Altrii die Schlacht also nicht gewonnen, sonst wären sie nicht in diesen Mengen gequält durch die Wüste gelaufen. Allerding interessierte es mich eigentlich keineswegs, unter wessen Kontrolle die Berg-Werften inzwischen waren.

Abschnitt 8 - **Einöde**

Wir kehrten nach Ogria zurück. Genauer gesagt in die große Stadt Paledio, welche an der Küste lag. Ich hatte das tiefe, dunkle Gewässer vermisst und diese Stadt noch nie besucht. Paledio war eine Art Militärzentrum und erstreckte sich weit. Sie bestand hauptsächlich aus kleinen Hütten und Zelten. Keine Mauern, meist nur Unmengen an Wachen und Soldaten, wie bei den Altrii üblich.

Jetzt aber schien die Stadt wie leergefegt. In den Geschichten, welche ich gehört hatte, waren die matschigen Straßen voller Leben. Unter uns befanden sich aber nur zusammengebrochene Zelte und vereinzelte Leute. Wahrscheinlich wurden alle Soldaten, welche hier lebten, für die große Schlacht eingezogen und würden nun zum Großteil nicht mehr zurückkehren. Glücklicherweise sollte in eben dieser Militärhochburg - laut Ohle - seine Familie gefangen gehalten werden.

Abschnitt 9 - **Seiton**

Seine Frau wurde Jerika genannt und seine Tochter hieß Kimpa. Der Name seines anderen Mädchens war mir leider entfallen. Zudem war seine Frau noch schwanger, als er ging, was vermuten ließ, dass ich nun nach einer Mutter mit 3 Kindern suchte.

Ohle erzählte mir außerdem, dass er einst ein Student der Kulturen in Paledio war. Die militärische Führung zog ihn ein, damit er möglichst viele Informationen über die Feinde der Altrii sammelte. Dafür war er nach Kados gesandt worden, denn die Altrii hatten bis dahin kaum Einblicke in die Technologien und Siedlungen der Kadoner erhalten können. Doch Ohle wollte seine Familie nicht verlassen. Infolge dessen benutzten sie diese als Druckmittel. Erst, wenn er wiedergekommen wäre und er ihnen viele wertvolle Informationen zugetragen hätte, würde seine Familie freikommen. Eigentlich überraschte es mich, dass Ohle erst so spät über eine Rückkehr nachgedacht hatte, aber andererseits war seine Neugier so unbändig wie der rollende Kommandant. Er meinte immer zu mir, dass er es kaum glauben konnte, dass er plötzlich an der Seite eines bedeutenden Kommandanten stand und für Kadoner kämpfte.

Das hatte ihn fasziniert und gab ihm gleichzeitig die Gelegenheit mehr über die Kultur zu erfahren, die er früher nur aus der Ferne studiert hatte.

Außerdem durfte er, soweit ich weiß, seit geraumer Zeit nicht mehr über die Grenzen des Rates hinaus und wäre im Falle eines einfachen Fluchtversuches vermutlich sofort von Kommunikationsoberoffizier Bell abgefangen worden. Wenn sogar ich mich vor den Augen Bells fürchtete, was musste dann erst Ohle bei dem Gedanken an den gnadenlosen Wissenschaftler empfinden. Schließlich hatte er ihn sogar schon getroffen bevor er zu den wachsamen Augen und Ohren der südlichen Gefilde wurde. Sicher war Ohle der letzte altriische Spion, von dem Bell nichts wusste. Mit Ausnahme von mir, wenn man das so sagen kann. Mit großer Sicherheit war ich zumindest der einzige Altrii, der je auf einer kadonischen HTE war und lebend nach Ogria zurückkehrte. Meine Informationen mussten also bedeutend genug sein, um die Familie von Ohle zu befreien.

Meine Suche sollte sich nun also auf Gefängnisse oder ähnliches konzentrieren. Nach der Landung ging ich in eine Militärzentrale und fragte nach den Gefangenen, Jerika, Kimpa und Angehörigen, welche für militärischen Nutzen inhaftiert worden waren. Tatsächlich wurden sie schnell ausfindig gemacht und ich verlangte ihre Freilassung. Zügig wurde ich in einen leeren Raum gebracht. Ein grimmiger Altrii in einem schwarzen Mantel trat in das kühle Zimmer und fragte ungeduldig:

"Simjoj, richtig?"

"Ja."

"Was ist mit Ohle?"

"Gefallen."

Diese Wortwahl war ungünstig passend. Ich musste meine plötzlich aufsteigende Trauer zügeln.

"Wo?", fragte er weiter.

"In der Schlacht um die Berg-Werften."

"Und wer sind sie?"

"Ich habe ihn während der Schlacht im Sterben liegend gefunden und er sagte, dass ich seine Frau und Kinder aus der Haft befreien soll. Er gab mir dafür einige Informationen."

"Im Sterben?"

"Offenbar bedeutete ihm seine Familie viel. Er klammerte sich fest an das Leben, bis er mir die nötigen Informationen gegeben hatte."

"Und sie haben ihm inmitten der Schlacht geduldig gelauscht, anstatt zu kämpfen."

"Ein Altrii in kadonischer Kleidung schien mir wichtig. Das bestätigte sich mit seinen ersten Worten an mich."

"Sie werden uns die Informationen geben. Wenn diese es wert sind, dann kommt seine Familie frei. Doch sie, Simjoj, müssen wir daraufhin angemessen züchtigen."

"Ich habe keine Nachkommen."

"Nun gut. Wenn ihre Informationen wertvoll genug sind, dann verzichten wir auf eine Bestrafung. Ihr Gedächtnis sollte besser unfehlbar sein, Simjoj."

"Ich werde mich bemühen."

Ich erzählte dem Altrii vom erstarkenden kadonischen Süden, deren Truppenstärke und den technischen Fortschritten. Außerdem versuchte ich so viel wie möglich über die Regierung und die Militärstruktur der Uker und der südlichen Gefilde zu erläutern. Nicht wirklich mein Fachgebiet, aber verbunden mit dem, was mir Ohle berichtet hatte, ausreichend. Letztendlich gab ich noch alles wieder, was mir Ohle über die sogenannten Ringtore erzählt hatte. Es brachte mich in Bedrängnis, dass er mir zwar von deren alt-kadonischer Herkunft erzählt hatte, aber mich nie darüber aufklären wollte, wofür man diese metallenen Ringe benutzen konnte.

Als er genug gehört hatte, meinte er: "Dieser Feigling hat uns also Informationen verschafft und ist trotzdem tot."

"Wie meinen sie das?"

"Nachdem er verbotene Nachforschung über die Kadoner angestellt hatte, wurde er zum Tode verurteilt. Dann bot er an, sich mit seinem Wissen bei den Ukern einzuschleusen und uns wertvolle Informationen zu beschaffen. Er gab uns seine Familie als Sicherheit."

"Es war sein Vorschlag?"

"Ja und ich dachte nicht, dass er nach all der Zeit noch zurückkehren würde. Letztendlich hat er also nicht nur den Tod gefunden, sondern auch seine Frau und seine Kinder leiden lassen, um ein bisschen länger zu leben."

"Bestimmt war das nicht sein Ziel."

"Und dennoch ist so. Sein Leben hat nichts Gutes für sein Volk gehabt. Sogar die Informationen sind die Freilassung seiner Familie kaum wert. Zum Glück würden sie keine guten Diener abgeben. Sie werden freigelassen."

"Was ist mit mir?"

"Es gab genug leidende Altrii in den letzten Umdrehungen. Bei der nächsten Schlacht sollst du allerdings niemandem mehr dein Gehör schenken."

Das Militär stand zu seinem Wort. Sie wurden freigesprochen und ich verlor lediglich ein Ohr - ich sollte ja noch Befehle vernehmen können. Die Feinde der Altrii wissen es genauso gut, wie jeder Altrii selbst - wer dem altiischen Militär gegenübertritt, verliert etwas und hat Glück, wenn es nicht das ganze Leben ist.

Ich empfing Jerika und ihre Kinder vor dem Gefängnis. Sie schien verbittert und voller Wut. Ganz anders als Ohle sie mir beschrieben hatte. Die Gefangenschaft und ewige Abwesenheit vom Vater ihrer Kinder hatte offensichtlich Spuren hinterlassen. Erst dadurch erkannte ich, dass Ohle seine Familie durch seine Neugier wirklich in eine schreckliche Lage gestoßen und sie dort viel zu lange hatte verkümmern lassen.

Ich war mir nicht mehr sicher, ob ich Ohle je wirklich gekannt hatte oder stets nur seine positiven Seiten wahrnahm.

Zögerlich sprach ich sie an: "Du bist Jerika, richtig?"

"Ja. Wer bist du? Haben sie Ohle bereits hingerichtet?"

"Mein Name ist Simjoj. Ich war sein Freund. Er ist nie zurückgekehrt. Vor seinem Tod erzählte er mir von euch und ich versprach ihm euch zu befreien, wenn er nicht überleben würde."

"Wie ist es passiert?"

"Ich weiß es nicht genau. Er starb bei der Schlacht um die Berg-Werften. Ich sah es mit meinen eigenen Augen."

"Jetzt hat das Militär alles, was es wollte."

"Sie haben gelogen, richtig? Ohle hat euch nicht einsperren lassen, um sich selbst zu retten."

Jerika erwiderte: "Ich will es nicht glauben. Aber ich kenne die Wahrheit nicht. Es ist schon so lange her, dass es mir wie ein anderes Leben vorkommt."

Ich sah nach unten. Dort standen seine Kinder. Halbwaisen, die in einem Gefängnis lebten. Voller Mitleid erkundigte ich mich: "Das sind also eure Nachkommen?"

"Das sind Kimpa, Burgri und Seiton."

Sie zeigte auf die schwächelnden Kinder und ich sagte: "Seiton also. Ohle hat ihn nie kennenlernen können, aber er wäre sicher froh, dass sein Sohn einen so starken Namen trägt. So hieß schon der Vater von Altrio."

"Ich hoffe, er wird einst ebenso kräftige Kinder zeugen."

"Wie kann ich euch helfen, Jerika? Ich will auch weiterhin ein guter Freund für ihn sein."

"Du hast genug getan, Simjoj. Ich möchte nicht mehr an ihn denken. Dieses Gespräch ist schmerzhaft genug. Wir werden Paledio schon bald verlassen."

"Bitte, lass mich bei euch bleiben."

"Nein. Du solltest dein Leben nicht einem anderen verschreiben. Lass uns allein."

"Mein Angebot wird stets bestehen bleiben."

"Danke. Leb wohl."

"Leb wohl."

Jerika marschierte weg vom Gefängnis und zog ihre Kinder mit sich.

Was sollte ich jetzt tun? Zum Kriegsdienst taugte ich nichts und ich wollte ihn auch nicht ausüben. Vielleicht würde ich eine Aufgabe bei den Gelehrten finden. Also suchte ich die frühere Arbeitsstelle von Ohle auf- den Ort der Gelehrten von Paledio. Er bestand derzeit nur aus einigen alten Zelten, umringt von heruntergekommenen Holzpalisaden. Es stand scheinbar wirklich nicht gut um Paledio. Dort traf ich einen ehemaligen Kollegen von Ohle. Auch er stand dem Militär skeptisch gegenüber und interessierte sich für die Kadoner.

Allerdings wurde sein Interesse gebilligt, da er sich nur in einem festgesteckten Rahmen über sie informierte. Sein Name war Krasio.

Wir verstanden uns gut und er war fasziniert von meinem Wissen über die Kadoner. Natürlich offenbarte ich ihm nicht woher ich dieses hatte. Er stellte fest: "Die Kadoner wissen also wahrlich kaum etwas über uns. Sie fürchten sich wie auch die Presianer."

"So ist es. Doch zurecht."

"Nicht alle Altrii sind blutrünstig und haben die uneingeschränkte Verbreitung als ihr höchstes Ziel."

"Dennoch ist der Kampf der Kern unserer Kultur."

"Wenn die Kadoner uns besser verstünden, dann würde es vielleicht Frieden geben."

"Unsere Kultur ist das Gegenteil von Frieden mit anderen Völkern."

"Das muss nicht so sein. Die Völker müssen nur einander verstehen."

"Ich denke, du hast Unrecht, Krasio."

"Du meintest, dass du ihre Schrift beherrschst?"

"Ja. Wieso ist das wichtig?"

"Ich werde dich bei mir unterkommen lassen und dich versorgen."

"Was verlangst du als Gegenleistung?"

"Wir werden ein Schriftstück für die Kadoner verfassen."

"Das ist sicher verboten."

"Es ist verboten über die Kadoner zu forschen und zu berichten. Es ist nicht unerlaubt in cadonischer Schrift über die Altrii zu schreiben."

"Dieses Schriftstück wird nichts ändern, Krasio."

"Aber du brauchst eine Unterkunft und Arbeit."

"Gut, wenn du mich dafür tatsächlich entlohnen willst."

"So sei es, Simjoj. Dennoch sollten wir mit diesem Vorhaben nicht vor anderen prahlen."

Doch war dies kein kurzweiliges Unterfangen und es war, trotz der angemessenen Entlohnung von Krasio, oft nicht einfach in der ausgelaugten Stadt zu überleben. Das Regime gab einem zwar eigentlich das Notwendigste, aber momentan, durch die erneute Aufrüstung, trat ein Mangel ein. Nun musste man hart arbeiten, um sich Rationen zu verdienen oder anfangen selbst zu fischen. Die fischreichen Gewässer nahe der Stadt erlaubten mir dies in einem ausreichenden Maße. Denn den fetten Jarifisch gab es hier zu genüge. Ansonsten allerdings nichts.

Vor langer Zeit, so hörte ich, wurde der Jari so gezüchtet, dass er groß, reichhaltig und leicht zu fangen war. Zusätzlich sonderte er dauerhaft ein Gift ab, welches jegliches andere Leben im Wasser ausrottete. Der Jari wurde im Laufe der Zeit grünlicher und schwamm meist näher an der Wasseroberfläche. Wir selbst wurden über die lange Zeit immun gegen das Jarigift und konnten den Fisch, welcher sich unwahrscheinlich einfach fangen ließ, als Hauptnahrungsquelle für uns gewinnen. Auch für mich stellte es kein Problem dar genügend Jaris zu fangen. Zwar war eine solche Ernährung ziemlich eintönig, aber über eine gewisse Zeit war es möglich so zu leben. Außerdem hatte ich den Fisch wirklich vermisst.

Jede Umdrehung musste ich für Krasio schreiben. Mit der Zeit wurde ich sogar etwas schneller darin, die kadonischen Zeichen niederzuschreiben und zu lesen. Die Schrift der Altrii war im Gegensatz dazu so einfach gehalten, dass man mit ihr nicht einmal alles ausdrücken konnte. Meist wurde sie nur für Bezeichnungen oder Händlerlisten benutzt.

Es entstand über eine geraume Zeit eine Schrift, welche sowohl einige meiner Gedanken innehatte als auch die Kultur der Altrii beschrieb und erklärte. Als das Schriftstück fertig war, fertige ich Abschriften an, was eine monotone und aufwendige Arbeit war. Die erste dieser Abschriften schickten wir in eine der südkadonischen Ratssiedlungen, in welchen sich durch die dort mangelnde Beschäftigung eine Schicht an Gelehrten und Lernenden gebildet hatte. Eine weitere Abschrift sendeten wir an die Aufsicht von Kriat, welche ebenfalls ein Kreis von Gelehrten war. Bevor wir das nächste Exemplar fertigstellen konnten, wurde das Regime auf uns aufmerksam. Eine der Abschriften war dem altriischen Militär in die Hände gefallen. Einer der Händler, denen wir das getarnte Paket mitgegeben hatten, hatte uns offenbar verraten. Sie dachten wohl, dass ich Berichte über Ogria an die kadonische Regierung schrieb oder Volkshetze verfassen würde. Deshalb sollte mir eine Strafe auferlegt werden. Ursprünglich dachte ich, dass der Gelehrte keine weiteren Konsequenzen zu spüren bekommen würde, weil er nicht einen Strich in das Buch setzte, aber sie sahen meine Unterbringung bei ihm als aktive Mithilfe an.

Er hatte einen Sohn und wurde zum Tod durch den letzten Glutlauf verurteilt. Da ich keine Nachkommen hatte, wurde mir eine andere Strafe auferlegt - ich sollte in der Wüste ausgesetzt werden. Zwar war mir nicht klar, wie ich dort noch hätte Kinder zeugen sollen, aber so war es üblich.

Abschnitt 10 - **Der Lauf**

Sie brachten mich an Bord eines Luftschiffes weit hinaus in die westkadonische Wüste. Da ich unter Deck war, hatte ich keine Orientierungsmöglichkeit, außer dem Keryum.

Ich war nicht der einzige Verurteilte auf diesem Schiff. Noch 7 weitere wurden mit mir ausgesetzt und dies in solcher Entfernung zueinander, dass wir uns nicht einfach hätten gegenseitig essen können. Als ich abgesetzt wurde, wollte ich nicht einfach aufgeben und im Selbstmitleid versinken. Ich bestimmte die Richtung, in welcher ich den Walis-See anhand des Keryums vermutete und machte mich auf den Weg. Aufgrund der Dauer unserer Reise vermutete ich, dass dies meine größte Chance auf Wasser und Überleben wäre.

Plötzlich wurde mir schwarz vor Augen. Ich wachte mit unglaublich stark schmerzendem Kopf auf und lag, leicht mit Sand verweht, auf dem Boden. Während ich zögerlich meinen schmerzenden Arm und mein zitterndes Bein betrachtete, wurde mir schlecht. Jemand hatte mir tatsächlich Fleisch herausgebissen. Ein enormer Fetzen Haut fehlte an meinem Arm und an meinem schwarzen Bein klaffte eine sandverdreckte Fleischwunde.

Mit wankendem Bewusstsein riss ich mein Oberteil in Streifen, versuchte die Wunden ein wenig von dem Sand zu säubern und verband sie dann. Voller Schmerz, aufgezehrt, aber immerhin noch am Leben, lief ich weiter. Vollkommen ausgedörrt erreichte ich den Walis-See. Der Durst brachte mich fast um und nun konnte ich trinken. Leider wusste ich, dass es in diesem See keine Fische gab. Mit dem Magen voller Wasser wanderte ich den See entlang und folgte dabei den Schienen vom Walis-Wall, welcher offenbar zurzeit nicht besetzt war. Alle Streitkräfte waren wohl inzwischen abgezogen worden. Dann erblickte ich in einiger Entfernung einen alten Schienenwagen und nahm meine letzte Kraft zusammen, um ihn zu erreichen. Dort angekommen stellte ich fest, dass weder Kohle noch Gastanks für den Betrieb vorhanden waren. Nahrungsvorräte fand ich ebenfalls nicht, nur noch ein wenig Munition für die Geschütze. Also zog ich weiter. Durch das Wasser des Sees verdurstete ich nicht, aber irgendwann brach ich unweigerlich zusammen. Meine Kräfte waren aufgebraucht.

Die Wunden waren nicht verheilt, ich hatte zu viel Blut verloren und der Hunger trieb mich beinahe in den Wahnsinn - stärker noch als der Schmerz. Der Krieg war vorbei und der Wall war verlassen - zu meinen Ungunsten. Ich spürte nur noch, wie ich langsam vom Sand verweht wurde, während meine letzten Gedanken der Welt galten, die ich nun verlassen musste. Zum Schluss war ich nur ein Feigling, der immer erst kämpfte, wenn es schon zu spät war. Waren Ohle und ich letztendlich Opfer des Krieges oder unseres Volkes? Ich will ihn und mein Leben nie vergessen, auch wenn ich beides verloren habe.

Glossar

Dieses Glossar enthält viele Informationen, die man erst im Verlauf der Geschichte erhält. Wenn man nichts zu früh erfahren möchte, sollte man hier nur sehr vorsichtig lesen und nachschlagen.

Personen

Altrio – Altrii; männlich; wird von den Altrii verehrt

Ath'i - Wunk; weiblich; Wächterin der Wunk (von Phal) unter Shun'tre; hat Geistestreue mit Ter'a geschworen und war schwanger von ihm; stirbt bei der Verteidigung eines Rotarken, während der Abreise von Endo und Ohle aus Vuntee

Bell - Kadoner; männlich; Wissenschaftler; diente Endo in den Wüstenkriegen; hat die ersten Funkzylinder erfunden; wurde nach seiner Erfindung zum Kommunikationsoberoffizier der südlichen Gefilde ernannt; berüchtigt und bekannt für seine gnadenlose Überwachung

Burgri - Altrii; weiblich; Tochter von Ohle und Jerika

Endo - Kadoner; männlich; vor allem bekannt als 'Captain Endo'; 2 mechanische Arme; angestellt bei der EK und den Ukern; erst als Techniker und Wissenschaftler, dann ehrenhalber als Captain einer HTE zur Erforschung von Kados; endeckt mit seinem ersten Offizier Ohle das Land Vuntee, die Wunk und deren Stadt Phal; später oberster Befehlshaber der Ratsarmee in den Wüstenkriegen; unterstützte den Sturz des Rates der Nebelgefilde

Darius - Kadoner; männlich; Ratsmitglied des ersten Rates der Nebelgefilde; wird während der Wüstenkriege einstimmig aus dem Rat der Nebelgefilde herausgewählt; hilft Endo und Koro Isan beim Sturz des restlichen Rates der Nebelgefilde; auch 'Darius der Schwarze' genannt, weil er zumeist eine schwarze Kapuze trug, um sein Alter zu verbergen

Durjt - Kadoner; männlich; Leiter der Berg-Werften und Anführer der Uker; flieht während des fünften offiziellen Schlüsselereignis durch ein Ringtor in den Berg-Werften

Jerika - Altrii; weiblich; wurde vom altriischen Militär als Druckmittel für Ohle eingesperrt und lebt daraufhin lange Zeit mit ihren Kindern in altriischer Gefangenschaft; Lebenspartner: Ole; Kinder: Kimpa, Burgri, Seiton

Krasio – Altrii; männlich; Gelehrter in Paledio

Kres - Kadoner; männlich; Soldat der Ratsarmee; wird während der Verteidigung des Walis-Sees auf der Brücke einer 125er-HTE der Uker unabsichtlich mit einer Granate von Raik getötet

Koro Isan - Kadoner; männlich; 'netter Mann' aus Pilaster; diente dem Rat der Nebelgefilde in verschiedenen Rollen; half Endo des Öfteren und war maßgeblich am Sturz des Rates der Nebelgefilde beteiligt

Ko'urs - Wunk; männlich; Fahje; auf ihn trafen Endo und Ohle bei der Entdeckung von Vuntee und den Wunk zuerst

Leika - Kadoner; weiblich; Steueroffizier von Endo während der Wüstenkriege; versiert im Umgang mit HTEs (vorrangig mit älteren Modellen); hauptsächlich von Endo ausgebildet

Ohle – Altrii; männlich; war ein Student der Kulturen in Paledio; wurde vom altriischen Militär als Spion bei den Ukern eingesetzt; machte Offiziersausbildung bei den Ukern und wurde dann der Berater und erster Offizier von Endo vor und während der Wüstenkriege; beim fünften Schlüsselereignis der Wüstenkriege als Verräter von Endo getötet; Lebenspartner: Jerika; Kinder: Kimpa, Burgri und Seiton

Preik - Kadoner; männlich; kommandiert die Veneturia als Eskorte für den Prototypen der ENTE-V1; später während der Wüstenkriege einer der ranghöchsten Offiziere von Endo; auch 'Rollender Kommandant' genannt

Raik - Kadoner; männlich; Soldat der Ratsarmee; hat Kres auf der Brücke einer 125er-HTE der Uker unabsichtlich mit einer Granate getötet

Ritius - Männlich; Baumeister aus Kriat; hat offenbar während der Wüstenkriege für Endo gearbeitet und von der Großoffensive auf die Berg-Werften gewusst

Seiton - Altrii; männlich; Vater von Altrio

Seiton - Altrii; männlich; Sohn von Ohle und Jerika; in einem altriischen Gefängnis geboren

Shun (ehemals: Shun'so) - Wunk; männlich; Treswo der Stadt Phal (Shun'tre)

Simjoi – Altrii; männlich; wanderte einst von Ogria nach Kados aus; dient während der Wüstenkriege auf der 45er-HTE von Endo; Freund von Ole

Ter'a - Wunk; männlich; hilft Ohle in Vuntee und freundet sich mit ihm an; hat Geistestreue mit Ath'i geschworen und sie geschwängert; wird anscheinend beim ersten inoffiziellen Schlüsselereignis erschossen

Thalem - Kadoner; männlich; zweiter Offizier von Endo während Operation Metall ('Projekt ENTE') und bei den Wüstenkriegen; kommandierte zeitweise die 45er-HTE

Völker

Altrii – Leben hauptsächlich in Ogria; gut erkennbar an schwarzen Brandmalen; ihr Hauptnahrungsmittel ist der Jari-Fisch gegen dessen Gift sie immun sind

Alt-Kadoner/Uralte - Weitestgehend unbekannt; haben vermutlich die Ringtore und Rotarken konstruiert

Kadoner - Leben hauptsächlich in Kados; können hohen Temperaturen und Trockenheit standhalten; trockener Mund; stammen vermutlich von den Presianern ab; anfällig für Gifte und Krankheiten; robust gegenüber der Umwelt und Verletzungen

Handees - Weitestgehend unbekannt; sollen eine Vorliebe für Holzbearbeitung haben

Mitoker - Weitestgehend unbekannt; angehörige dieses Volkes sollen sehr zäh gewesen sein

Presianer - Leben hauptsächlich in Presia; stammen vermutlich von Alt-Kadonern ab; moderates Volk mit guter Anpassungsfähigkeit; haben eine zurückhaltende Regierung; profitierten bis zum großen presianischen Waldsterben sehr vom Holzhandel

Wunk - Leben in Vuntee; körperlich stark und vergleichsweise groß; oft fleißig, lernwillig und aufopferungsvoll; in der Regel traditionsverbunden, doch auch offen für Neues

Länder

Handees-Reiche - Im Süden von Kados gelegen; Königreiche der Handees

Kados - Im Norden und Osten von Presia umgeben; westlich liegt ein großes Gewässer; südlich liegen die Reiche der Handees; im Nordwesten grenzt es an Ogria an; hauptsächlich flache Wüste; mittig liegt der Walis-See; ist seit langer Zeit weitestgehend unter der Kontrolle der Uker

Ogria - Heimat der Altrii; erstreckt sich im Nordwesten von Kados am großen Gewässer

Vuntee - Östlich von Kados und Presia gelegen; tiefer Wald mit gigantischen Bäumen; Land der Wunk

Presia - Grüner Streifen, der Kados im Norden und Osten umschließt; großes Dürregebiet im Norden; ehemals starke Holz-Handelsmacht; Regierung war seit Ewigkeiten stabil, bis zum großen Baumsterben vor den Wüstenkriegen

Orte

Berg-Werften - Im Norden von Kados gelegen; von der Erbauer-Kompanie finanzierte und geplante Werft innerhalb einer natürlichen Schlucht zwischen zwei Bergen; bezeichnet auch die Schlucht und den flachen Berg selbst, durch welche sich die Einrichtungen ziehen; wurde von den Ukern erbaut; Herkunftsort der HTEs; besitzt unterirdisches Minensystem; die meisten Räumlichkeiten der Werften und der Uker befinden sich im Berginneren

Kriat - Westlich der Nebelgefilde gelegene Stadt; aus schlecht gebranntem Sand erbaut; Hauptproduzent für Glas; Hauptabbauort für Silkstein; weitestgehend unabhängige Handelsstadt; wird von der Mehrheit der Bevölkerung von Kados als Teil der südlichen Gefilde gesehen und auch so behandelt

Nebelgefilde – Im Südosten von Kados gelegen; Gebiet voller gigantischer Felssäulen, die in einem immerwährenden Nebel eingehüllt sind

Pilaster - Zentral in den Nebelgefilden gelegen; Stadt auf/in Steinsäulen der Nebelgefilde; unter Kontrolle des Rates der Nebelgefilde; Handelsstadt; Zufluchtsort für verstoßene Uker und andere Kadoner; Sitz des Rates der Nebelgefilde

Paledio - An der Küste im Süden von Ogria gelegen; Militärzentrum der Altrii; sehr weitläufige Zeltstadt mit vielen Anlegestellen für Fischerboote

Phal - Am weitesten westlich gelegene Stadt von Vuntee; Stadt der Wunk; erste von kadonischer Seite aus entdeckte vunteeische/wunkische Stadt

Südliche Gefilde – Im Südosten von Kados gelegen; umfasst unter anderem die Nebelgefilde und Kriat; vorherrschaftliche Regierung durch den Rat der Nebelgefilde

Walis-See - riesiger See inmitten von Kados; hellblau und friedlich; sehr flach; Süßwasser; Hauptwasserversorgung der südlichen Gefilde von Kados

Gruppierungen

Erbauer-Kompanie (EK) - Forschungs-, Planungs- und Produktionsgruppe; hat einen Sitz in den Berg-Werften

Rat der Nebelgefilde - Rat aus ursprünglich 12 Personen, welche den Süden von Kados unter sich vereint haben und die Verstoßenen der Uker aufnahmen; kontrolliert Pilaster, die Nebelgefilde und zum großen Teil den Süden von Kados; hat einen großen Einfluss auf die Regierung von Kriat; Sitz ist in der Ratshalle von Pilaster

Ratsarmee (Streitmacht von Endo) - Von Endo im Auftrag des Rates aufgestellte Streitmacht zur Bekämpfung der Uker und Verteidigung der südlichen Gefilde

Ratsmiliz - Miliz des Rates der Nebelgefilde; gegründet vom Rat, weil er die Übersicht über den Walis-Wall und die Streitmacht von Endo verlor; bestehend aus ratstreuen Bürgern von Pilaster und stark ratstreuen, ehemaligen Soldaten von Endo

Uker – Organisation, die den Norden von Kados kontrolliert und ihn mit ihrer militärischen Überlegenheit dominiert; galten lange Zeit als die Erforscher von Kados und machten den Großteil der kadonischen Bevölkerung aus; Hauptsitz in den Berg-Werften; hierarchische Struktur; unter der Leitung von Durjt

Fahrzeugklassen

ENTE Version 2 (ENTE-V1; E-V1) - Kleines, wendiges und ikonisches Kanonenboot-Luftschiff, welches erstmals gänzlich auf Holz für die Hüllenkonstruktion verzichtet; wichtiger Vorteil für die südlichen Gefilde während der Wüstenkriege; ein Produkt von 'Projekt ENTE'; von Endo und seinem Team auf Basis von neu erlangten Erkenntnissen am Anfang der Wüstenkriege, auf der 45er-HTE von Endo, entwickelt

ENTE Version 2 (ENTE-V2) - Basiert auf der 'ENTE-V1'; schneller, meist unbewaffneter Truppentransporter

Humanoide Transporteinheit (HTE) - Gigantischer Transportroboter mit humanoider Erscheinung; von der Erbauer-Kompanie entwickelt; je nach Klasse mit Gas, Kohle oder Hitzespeichern betrieben; Hauptproduktionsstätte sind die Berg-Werften; Einsatzfelder sind primär die Erkundung, der Transport und der Kampf (mitunter abhängig von der jeweiligen Spezialisierung); bekannteste Vertreter sind die HTEs der 40er- und 100er-Baureihe

Rotark - Gigantischer Transportroboter der Wunk; aus massivem, leicht grünlichem Metall; wahrscheinlich von den Alt-Kadonern konstruiert; einziges bekanntes mechanisches Transportmittel in Vuntee; gesteuert von Fahjes (1 Fahje pro Rotark); sammeln Wasser im Gropf als Energiequelle

Schiffe der südlichen Gefilde - Luftschiffe aus Holz; stromlinienförmiger Aufbau; meist gut bewaffnet und mit hoher Ladekapazität; oft auch als Wasserschiffe einsetzbar; gut für Langstreckenflüge geeignet; von vielen Völkern in verschiedenen Variationen adaptiert

Uker-Klasse (U-Klasse) - Standard-Kurzstrecken-Luftschiff der Uker; Passagierkorb aus geflochtenen Pflanzensträngen; der Ballon ist rot, länglich und trägt das Zeichen der Uker; meist leicht bewaffnet; kann zum Transfer kleinerer Warenmengen eingesetzt werden

Uker-Ballon - Kleines Unterstützungs-Luftschiff der Uker; Passagierkorb aus geflochtenen Pflanzensträngen; der Ballon ist rot, kugelförmig und trägt das Zeichen der Uker; sehr leicht bewaffnet

Besondere Fahrzeuge

Veneturia - Name ist *„Eine Kombination der Anfänge aller Namen derer, die als dessen Crew gestorben waren."* (Zitat aus 'Die Legende von Kados: Eine letzte Reise'); erste Crew stirbt zum Teil beim ersten offiziellen Schlüsselereignis der Wüstenkriege (unter Führung von Endo); ist nachfolgend ein ikonisches, hilfreiches und zuverlässiges Schiff für die Streitmacht von Endo; nimmt als Flaggschiff der südlichen Gefilde am fünften offiziellen Schlüsselereignis teil

45er-HTE von Endo - 45er-HTE aus den Berg-Werften; wird Endo durch die Uker unterstellt; wird kurze Zeit später in einem Gefecht gegen Piraten aus den Nebelgefilden untauglich gemacht; in den Wüstenkriegen unter Führung von Endo mit Unterstützung des Rates der südlichen Gefilde erneuert und im Rahmen von 'Projekt ENTE' stark verbessert; in den Wüstenkriegen oft als Kampfeinheit und mobile Kommandozentrale eingesetzt; nimmt auf der Seite der südlichen Gefilde am fünften offiziellen Schlüsselereignis teil (unter dem Kommando von Endo, seinem ersten Offizier Ohle und Steueroffizier Leika); wurde während des fünften offiziellen Schlüsselereignis schwer beschädigt

Besondere Ereignisse

Die Wüstenkriege - Auseinandersetzung zwischen dem Rat der Nebelgefilde und den Ukern; Kampf um Vormachtstellung in Kados; Altrii traten später als dritte Konfliktpartei ein, um ihre Stellung in Kados zu stärken und die Kadoner zu schwächen; kulminierte in der Schlacht um die Berg-Werften, auch bekannt als fünftes offizielles Schlüsselereignis

Schlüsselereignisse der Wüstenkriege - die offiziellen Schlüsselereignisse stellen die historisch wichtigsten Eckpunkte der Wüstenkriege dar, die zu einem Umbruch der bestehenden Machtverhältnisse in Kados führten

---

Erstes inoffizielles Schlüsselereignis/Die Eröffnung - Tötung der Wunk auf den Berg-Werften durch die Uker, auf Befehl von Durjt; inoffzieller Beginn der Wüstenkriege

---

Erstes offizielles Schlüsselereignis/Die Eröffnung - Bergung des Energiekristalls eines Ringtores aus den Berg-Werften durch Endo, Ohle und einen kleinen Einsatztrupp; offizieller Beginn der Wüstenkriege

Zweites offizielles Schlüsselereignis/Die Verpflichtung - Endo wird vom Rat der Nebelgefilde mit der Führung ihrer Armee gegen die Uker beauftragt (durch die Unterstützung von Darius und Koro Isan)

Drittes offizielles Schlüsselereignis/Die doppelte Täuschung - Erster Angriff auf die Berg-Werften; sollte die Uker dazu bewegen ihre Truppen vom Walis-See abzuziehen und dem Rat einen (fehlgeschlagenen) Angriff suggerieren; die Täuschung gelingt mit leichten Verlusten (unter der Führung von Endo)

Viertes offizielles Schlüsselereignis/Der Wall - Generelle Verteidigung des Walis-Sees durch den Walis-Wall (unter der Führung von Preik und Endo)

Fünftes offizielles Schlüsselereignis/Der Angriff - Zweiter Angriff auf die Berg-Werften (unter der Führung von Preik); Attacke findet parallel zum altriischen Vorstoß statt; die geplante Festsetzung von Durjt schlägt fehl und er entkommt durch ein Ringtor in den Berg-Werften (Einsatztrupp unter der Führung von Endo); gleichzeitig führt ein Teil der Streitkräfte von Endo in Pilaster einen zuvor geplanten Putsch gegen den Rat der Nebelgefilde aus (unter der Führung von Darius); der Putsch gelingt

Zweites inoffizielles Schlüsselereignis/Der Fall - Ohle, der Berater und erste Offizier von Endo, wurde als altriischer Spion enttarnt; er versucht während des fünften offiziellen Schlüsselereignis zu fliehen; Endo erschießt ihn bei dessen Fluchtversuch und verhindert dadurch eine mögliche Weitergabe von kritischen Informationen an den Feind

Weiteres

Brikes - Flaches Backwerk aus gemahlenem Getreide und Wasser; oft als Truppenverpflegung eingesetzt

Fades (Wunk) - Kurzform von 'Falschdenker'; Schimpfwort der Wunk

Fahje (Wunk) - Steuermann und Reparateur eines Rotarken; wird von seinem Vorgänger bestimmt, muss aber vor Antritt mindestens einmal einen Rotark wieder tüchtig gemacht haben; darf bis zu seinem Abklingen den Rotark in Bewegung setzten und reparieren oder zum Treswo seiner Heimatstadt aufsteigen, sofern er einen Nachfolger für seinen Rotark hat; es gilt bei den Wunk als unehrenhaft zum Treswo zu werden, wenn die Stadt keinen neuen oder weiteren Treswo braucht

Funkenschlossgewehr - Gewehr mit Holzschaft; muss vor jedem Schuss händisch nachgeladen werden; benutzt Funkensteine um Schießpulver zu entzünden

Funkenschlosspistole - Pistole mit Holzgriff; muss vor jedem Schuss händisch nachgeladen werden; benutzt Funkensteine um Schießpulver zu entzünden

Gegen den Keryumssinn - Nach links drehend; Ausspruch leitet sich von der Drehung des Planeten um das Keryum ab, wenn man nach Süden blickt

Geistestreue (Wunk) - Einander nahegekommene Wunk, die eine gemeinsame Zukunft sehen, beschließen oft sich gegenseitig Geistestreue zu schwören und ihr Leben miteinander zu teilen sowie Kinder zu bekommen und zukünfig keine anderen Liebespartner zu haben; Geistestreue kann auch einseitig geschworen werden und stellt dann ein ewig geltendes Angebot für den Wunschpartner dar; Geistestreue wird selten gebrochen, weil die Wunk eine Person die Geistestreue bricht meist fortan als nicht vertrauenswürdig einstufen; da es über einen großen Zeitraum wenige unerwartete Todesfälle und Uneinigkeit gab, verursacht diese Regelung bisweilen offenbar kaum Probleme bei den Wunk

Gropf (Wunk) - Wassertank eines Rotarken

Hütig (Wunk) - 'hütig sein' = 'aufpassen'

Im Keryumssinn - Nach rechts drehend; Ausspruch leitet sich von der Drehung des Planeten um das Keryum ab, wenn man nach Süden blickt

Intes – Krankheit; kann für Kadoner tödlich sein

Katal (Wunk) - Weibliche Wachen der Wunk; tragen eine Maske vor ihrem Gesicht (jede wunkische Stadt hat individuelle Masken für ihre Katal); haben Krallen aus Holz und Wurzeln an Händen/Unterarmen als Waffen; sorgen für Sicherheit und unterstehen dem Treswo; sind zumeist sehr kletter- und kampfbegabt; müssen in ihrem Auswahlverfahren ohne Rotark zwischen 2 Städten reisen; auch als 'Wächterinnen' bezeichnet

Keryum - Kadonische Bezeichnung für den Stern, um den sich der Planet dreht

Keryum-Umlauf - Zeit die der Planet benötigt, um das Keryum einmal zu umrunden; oft mit 'Umlauf' abgekürzt

Keryum-Umdrehung - Zeit die der Planet benötigt, um sich einmal um die eigene Achse zu drehen; oft mit 'Umdrehung' abgekürzt

Koda (Wunk) - Haftstoff der Wunk; trocknet schnell bei Wärme (auch bei hoher Luftfeuchtigkeit)

Letzter Glutlauf - Todesstrafe der Altrii, bei dem der Verurteilte über eine Strecke von Glut laufen muss, bis er stirbt

Operation Metall - Vom Rat der Nebelgefilde ins Leben gerufene Initiative zur Förderung des zunehmenden Ersetzens von Holz durch Metall; Grund war das große presianische Waldsterben, das einen Holzmangel in Kados zur Folge hatte

Ort der Gelehrten - Beinahe jede altriische Siedlung hat einen solchen Ort an dem sich die Gelehrten der jeweiligen Siedlung versammeln und dort arbeiten können

Projekt ENTE (Entwicklung einer neuartigen Transporteinheit) - Ein Projekt unter 'Operation Metall', das eine neue Transporteinheit hervorbringen sollte, die Metall, anstelle von Holz, für die Hüllenkonstruktion verwendet und somit die Flotte des Rates der Nebelgefilde zukünftig von den knapper werdenden Holzlieferungen unabhängig machen sollte

Roitis (Wunk) - Bezeichnung der Wunk für das Keryum

Roitis-Zyklus (Wunk) - Bezeichnung der Wunk für den Keryum-Umlauf; auch als 'Zyklen des Roitis' bezeichnet

Silkstein - Schwarz-bläuliches Gestein, welches, wenn man es aneinanderschlägt, Funken erzeugt; die von Silkgestein erzeugten Funken entzünden Kohlerauch; Hauptabbaustelle befindet sich in Kriat; auch mit 'Silk' abgekürzt

Tap - Kadonisches Werkzeug zum Festdrehen und Lösen von Schrauben und Verschlüssen

Treswo - Treswos lenken die Städte der Wunk; sie sind ehemalige Fahjes; Städte ohne Fahjes und Treswos müssen oft zur Klärung von Streitigkeiten in eine Stadt mit einem oder mehreren Treswos reisen

Uker - Alt-Kadonische Bezeichnung für 'Selbstständige'

Vhalis - grünes Blatt; sehr süß; in Kados oft zum Süßen von Speisen und Getränken verwendet

Wunkisches Schmieröl - Wird in bohnenförmigen Gefäßen gelagert, deren Ausguss meist mit Stoff verstopft ist und somit als Pinsel dienen kann; wirkt für manche Pflanzen giftig; giftiger Anteil im Öl wird meist schnell abgebaut, aber Schmierwirkung hält sehr lange an; verzehrbar, aber bei anhaltendem oder hohem Konsum kann der Betroffene schwach werden und möglicherweise keine Nährstoffe mehr aufnehmen

Wütendes (Wunk) – Etwas 'Wütendes' = etwas 'Böses/Schlechtes/Aggressives'

Zirke - Mittelschweres Geschütz; während der Wüstenkriege von der Ratsarmee entwickelt und eingesetzt; erste Versionen wurden nur auf Schienenwagen eingesetzt, wohingegen spätere Ausführungen auch auf Luftschiffen eingesetzt werden konnten (selbst einige HTEs wurden mit ihnen bestückt); hoher Schießpulverbrauch, große Projektile und hohe Schusskraft

Zund – Kleines Metallgefäß mit Loch, das mit einer glühenden Kohle befüllt wird; dient zum Anzünden von Lunten und Lampen; oft in Stoff oder Holz eingefasst

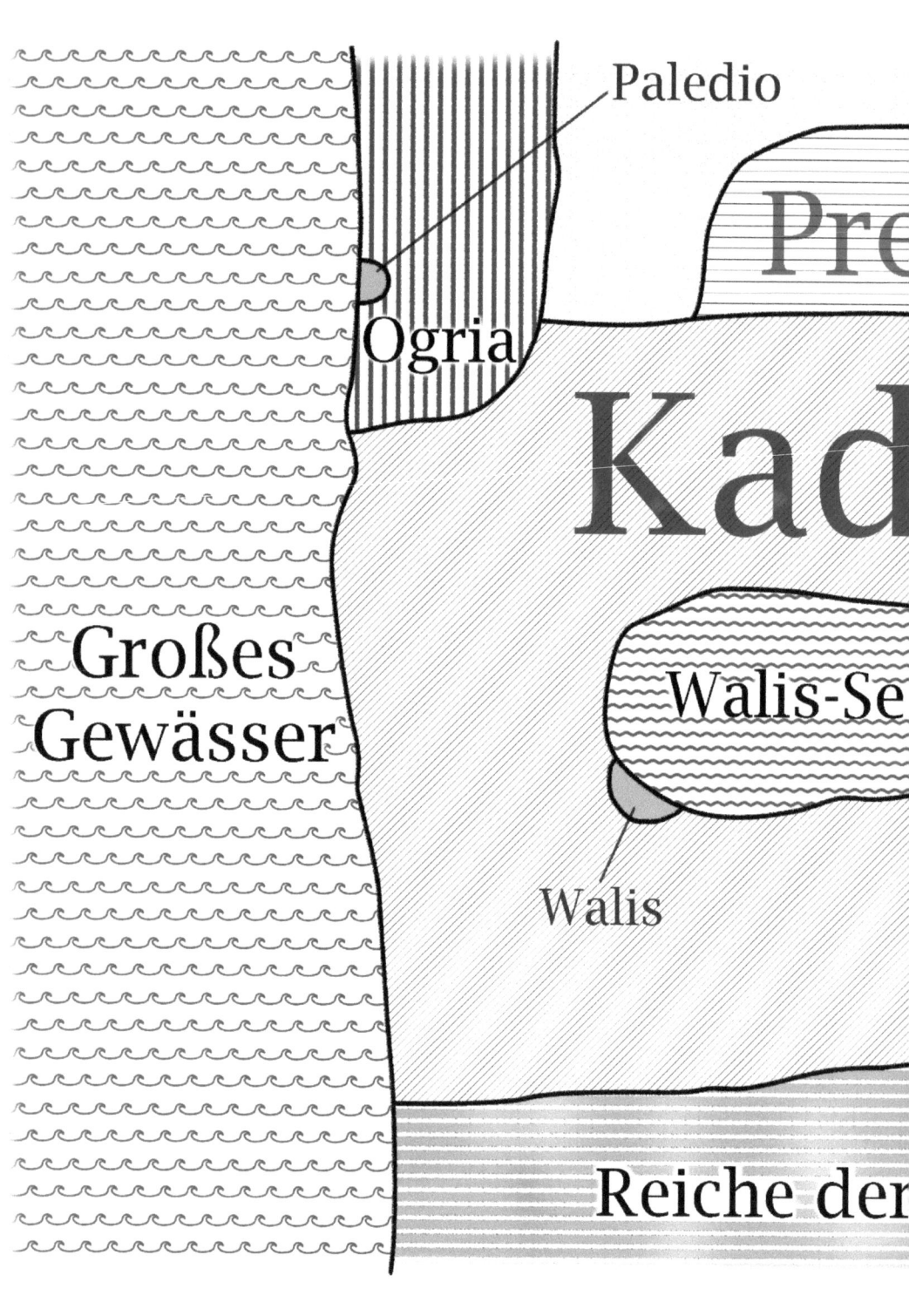

Paledio

Pre

Ogria

Kad

Großes
Gewässer

Walis-Se

Walis

Reiche der

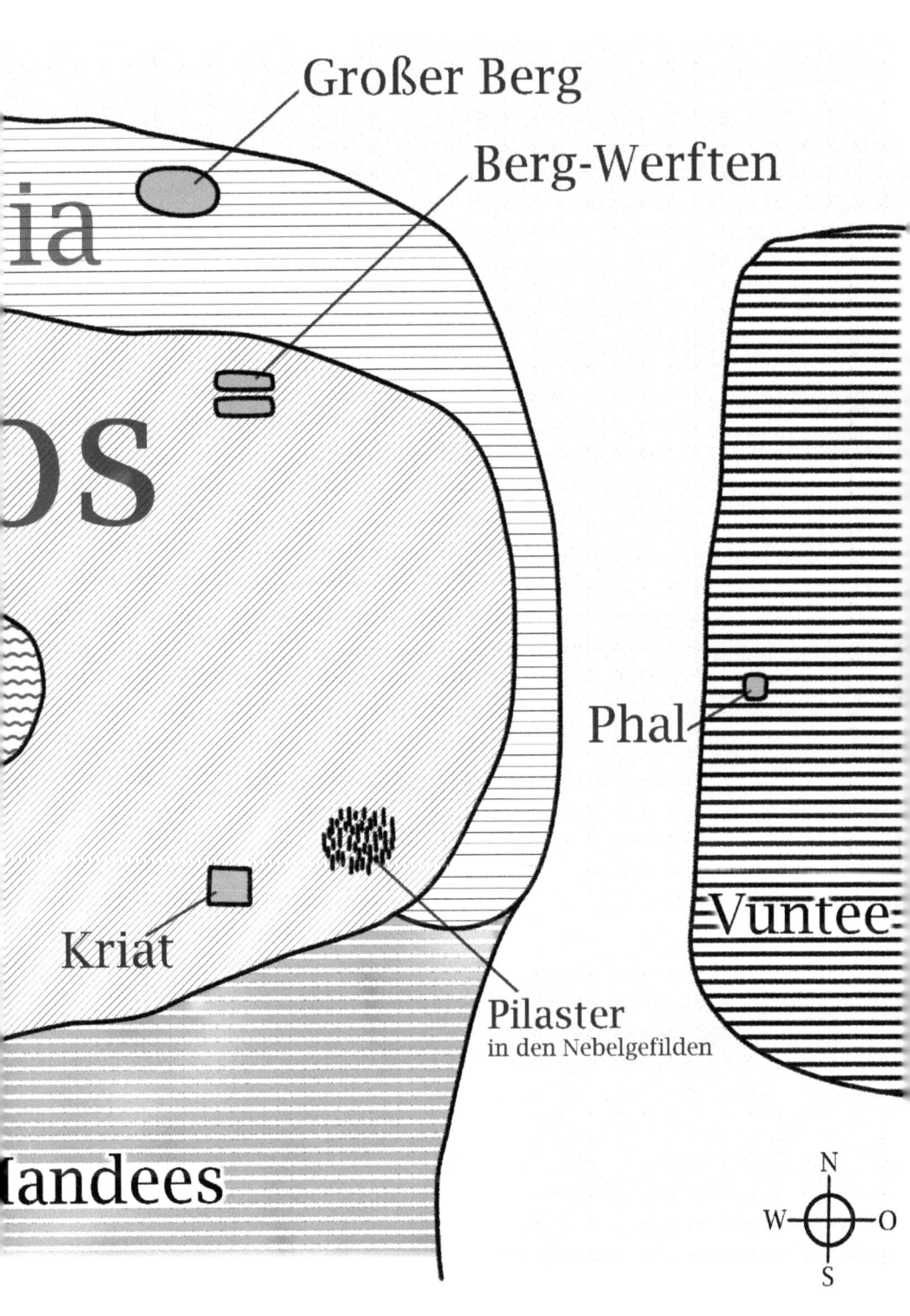

Großer Berg

Berg-Werften

ia

os

Phal

Kriat

Pilaster
in den Nebelgefilden

Vuntee

Mandees

N
W—⊕—O
S

„Kein üblicher, ja.“ - Simjoj

Fremdartigkeit darf Vorsicht begründen, aber nie Angst.